KB260947

기다리는 마음

星林 元昌常 詩畫集

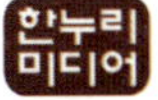

허물을 벗고
허물을 벗으면서
내 일상에 맴돌던 낱말들

하나하나
내게는 구슬들
은실 금실로 꼬아
꿰어보니 보배 같아
주저없이 드러내 놓으려는
이 부끄러움은 언제 알는지……

은바늘에는 금실 꿰고
금바늘에는 은실 꿰어
옆 자락에 수놓느냐
오금이 저린 줄도 몰랐었을 텐데

여러 사람 힘입어
상재하게 되니
모든 분에게 감사한다

星林 元昌常 詩畵集 기다리는마음 차례

星林 元昌常 詩畵集 기다리는마음 차례

Ⅱ. 정든 둥지를 떠나며

Ⅲ. 봄, 여름 계절의 뜨락에서

星林 元昌常 詩畵集 기다리는마음 차례

Ⅳ. 틈새의 나들이길

星林 元昌常 詩畫集 기다리는마음 차례

V. 고향 하늘 그리며

I. 부딪히며 생각하며

아! 불발

텐
나인
―
―
―
―
쓰리
투
완
아! 불발
불발이라니……!?
서릿발 같은 매서운 눈초리가
비수처럼 등줄기에
꽂히는 듯 오싹하였는데
기립박수로 장이 왁자지껄하다
잘했어
시나리오에
불발이었어
몰랐지 하고 일러준다
미완성 소리는 들어도
불발은……

아니라 한다
미완성은 마침표이지만
불발은 새로운 카운트다운을 위한
쉼표란다

더불어 족하고 싶다

흐르는 물줄기를
날카롭게
헤치지는 말아다오

더불어 사는 세상
맞장구를
칠 수 있도록 말야

여기
너도라면
더 바랄 데가
어디 있겠느냐마는…

이제
난
나를 아는 이들과
한 잔 나눔으로
더 없이 족하고 싶다

통화중

다이얼을 돌릴 때는
잘못 돌리었나 하겠지만
지금은
번호판 누르면
1000국 1004라고
정확히 확인하여 주어
늘 그랬듯이
반가운 목소리로 반겨 주려닌 하였더니
고객이 통화중이어서……
기계음만 대신한다
그러길 몇 차례
그래도 여전할 때
내 집요함을 시험하는가 싶어
왼 손으로 손 전화 곧추잡고
엄지손가락에 전압을 올렸더니만
그제야 귀 익은 연결음이 들리자
엉겁결에 전화기를 접어
주머니에 넣고 딴청을 한다

갈등

말에는 다
제 멋에 어울리는
맛을 갖고 있지만
갈등이란 맛은
누구도 꺼리는 맛

자기 주장도 좋지만
그래 그래 하면
아무것도 아닐 텐데

눈 앞 이익보다
보이지 않는 이익
우리네 삶 속에
천 년 두고 누리는 향

한 가닥 풀고
한 가닥 풀어
너그러우면
더 너그러워지련만……

만남

얼마나 기다리는
만남일까

오늘은
무엇을
주고 받을까

욕심은 내가 더
너그럽게 주고 싶다

물론 언제고
만나 헤어질 때

더 많이 배우고
또 알려주는
만남이라

가슴
더욱
초조하며
기다림으로 이어지어

짙은 기쁨 담은
두터운
맞벽으로
야물어 갈 것 같다

마일리지였으면……!

주고
거슬러 받을 수만 있다면야
너는 너
나는 나 되돌아설 수도 있지만

사랑하고
존경하는 마음
그리 야박해서야

오랜 옛날
넉넉해서
적선하며 복을 지었나요?

적선이 적산(마일리지)이 되고 나서는
숫자로만 사는 세상

이왕이면
사랑과 존경도
마일리지였으면……!

삼자대면

베끼어도
베끼어도 껍질뿐인
양파
우린
서로
꿰뚫어도
꿰뚫어도 허물뿐

그러나
서로 칭찬하고 사랑하면
정말
멋있고
바라고
바라고 싶은 삼자대면일 텐데……

한탄강漢灘江

선열의 체취가
돌 절벽 오목오목 자국진 무늬 속에
아슬하니 간지럽게 스며 있다

길지 않았던
개 부심 탓인지
물소리마저 애수로운
3.8교
난 어린애가 되어
주저주저 조용히
두 손 모아
속으로 흐느껴 본다

철마의 말굽소리 듣고 싶어
몸부림하는 한탄강에서
내일의 하늘은 맑게 개일지
우러러 본다

별도 달도 머무르는

장미가 있는
6월 보름께
구름이 자옥한 덕에
먼 하늘별이 반짝이고
달빛 또한 더욱 밝아 보입니다

한 줄기 소나기라도 내릴 듯한
밤이 깊어지자 명암이 어울려
엷게 화장한 잔잔한 속눈썹 가락도
쉽게 보이는 듯합니다

하나 둘 별빛이 눈으로
머무르려 합니다
달빛도 그리 하려 합니다

작은 내 두 눈 속에도
머무르기를 주저하지 않습니다

한 번 어쩌다 깜박이면
언제이었는가 싶게 되돌아와

달도 별도 머무르는
내 작은 눈

내가 계산하는 방법

주머니 속에
깊이 감추어진 때묻은 지전 몇 잎
세고 있는 것처럼
잘 알고 있었는데

이제는 그렇지 않습니다
펴보기를
주저합니다

솔직하게는
모르는 체 지내고 싶습니다

얇고 쓸 곳은 많아
그러한가 봅니다

두텁고 쓸 데 없는 곳보다야 났겠지만
잊고 살고 싶습니다

계산 맞추려 말고
그냥 그대로
살다 보면
그런 대로
맞아지기도 하겠지요

오마샤리프

이 세상에서 제일 좋은
담배 한 갑만 달라 하니
오마샤리프를 준다
아—
제일 좋은 담배
오마샤리프

벌 나비 꽃술에
혀 묻고 꿀을 빨 듯
한 개피 빼어 당신 입술에 묻고
벌 나비 하듯 하니
당신의 열정 불꽃이 되어
불꽃이 되어 파고드는
또 하나를

아는 것이 많아
좋은 날…

기 다 리 는 마 음

뻥튀기 과자

차를 타고 다니다 보면
뻥튀기 과자 양손 들고 선
거리의 불청객

아!
또 차가 막히는구나
걱정이 앞선
탓
아니지만
뻥튀기 과자 먹어 본 기억도 없습니다

가끔 누가 사 먹을까?
중얼대었는데
오늘은 차도 안 막히는 차 속에서
누에 뽕잎 먹듯 하였습니다

맛도 없고
배부르지도 않지만
싫지도 않아
심심풀이 주전부리로는 제격

다이어트하려는 내 님
나들이할 때 한 보따리 싸주어야지

기다리는 마음

내달음치는 마음은
아마
기다리는 마음을
못 따르겠지

무덤덤 너는 내게 소리침은
있었겠지만
듣지 못하고…

갈증을 참으려
한 움큼 소금을 짠다

주식시세표

제법
민감한 척 시사성 잃은
신문 쪽지를 뒤적이다

까만 ▲이 많으면
안도 속에
찾아야 할 상품도 없이
열심히 훑어 내려간다
특별한 인연도 없으면서

그러다가도
몇 날 며칠이고
하얀 ▽들로
꽉 메워 있으면
씁쓸한 입맛도 다신다

언제부터인지 모르겠지만
그들 숫자에 취한 채
더듬는 버릇이 생기었지만
보이지도
볼 줄도 모르면서
단골 손님이 되어

매력을 갖는다

남이 아닌
나의 지혜로
꿰뚫어 볼 수 있는
새로운 나를 찾으며
오르고 내리기를
거듭 바꿈질하는
숫자놀이를 하면서
미래를 점쳐 본다

축구경기장

대한민국
대한 민국
대 한 민 국 짝짝—짝

대 한 민 국
대한 민국
대한민국 짝짝—짝

부채 춤사위처럼
나부끼어 몰려오는 파도 파도

이어지고 이어지고
또 이어지는 파도

응어리진 멍
울적한 마음
함성으로 함성으로
한 줄기 소나기 되어
씻어낸다

검은 하늘이
엷도록 씻어내려

이젠 파래지겠지

너도 승자
나도 승자
서로는
맞수 맞수이지만
그 벽을 넘으면

그 때는 파란 하늘
우리 가슴에 더 넓게
다가오겠지

기
다
리
는
마
음

남은 반세기는

실제로는 그러하지
않으면서도 그러한 척
하는 것이 하나 둘 아니지만

나는
해방둥이가 아니면서도
해방둥이 척할 때 내겐
조금도 이상하지 않습니다

특별한 이유는 더더욱 아니지만
아마도 모태에서
광복의 함성을 듣고 자란 탓인가 봅니다

그리 짧지 않은 半 百
거울 앞 내 모습 분명 半 白
한 세기를 부끄럽지 않으려면

남은 자투리라도
이해하고 용서하는
주인다운 주인이 되어

갈림은 화합으로
반목은 사랑의 획을 그어
새로워지면

모두가 다
진솔해진 것만 같습니다

원창상 시화집

놀부 산장

야채시장
골목 돌아
퇴색된 집 한 채

"놀부 산장" 문패 아래로
오는 손 맞아
콩 국수 말아 주는 곳

간 여름
함께 마주 앉아
후루룩 마시듯
한 젓가락에 휘감아 먹더니만

이 겨울에는
야윈 모습
감추려 애쓰는 손마디
애달픈 마음
까맣게 눈에 아른하는
마음
지우려 하지만 더 확연하다

Ⅱ. 정든 둥지를 떠나며

모닝 커피

맛도 모르면서
찾을 때도 더러는 있지만

오늘은
미안해서인가
명분을 찾느라 고심을 한다

한 일터에서
가볍게 나눌 수도 있지만
그렇지 못한 것이
바로 차 한 잔이다

오늘은
싱그러운 아침다운
이야기 담아
건강한 모닝 커피를 권하자

젊고 푸른 집

흔한 차 소리도 없고
개도
닭도
도둑맞은 듯…
이따금
풀벌레들만
때묻음을 나무란다

푸른 산 어울리게
말끄러미
뚫린 하늘
뒤도
앞도
모두가 푸름뿐

갈 길조차
잊은 젊은이들에게
눈으로 볼 수 없는
마음밭
비단 자락보다
더 곱다랗게
맺은 약속을 여물운다

해돋이

짧은 기간
너무 많이 입에 담아
제법 익숙한 IMF
어정어정
설 자리
안 설 자리 가리지 않고
올 해돋이에
버릇없이
주인 노릇을 하려 든다

유난히
크게 차지하는
아픔들
참고 힘찬 내디딤
건강한 발돋움을 기원한다

둥지를 버리고 떠나는 마음

"짐 좀 싣고 가세요" 하면
얼씨구나 하고 한 달음에
짐을 싣고 갈 텐데
그때 짐짝 뒤 매달려 떠나면 그만인데
왜…? 이리 망설이고 머뭇거리는지

30년 묵은 정
떠나려 하니 밀려 묻어 내려
훔치고 닦아내기 앞이 안 보여서인가 보다

어머니 얼굴 담은
아버지 큰기침
멀어진 지 오래지만
오늘 더 크게 귀에 아른

아내 사랑
재롱 속에 담은 두 아들
나보다 크게 자라
엊그제 맞은 며느리 눈은 더 크다

앞뒷집 이웃들도
버리고 떠나면 별 것 아닌데……

진달래가 피는 산자락

남양주골로 자리를 옮긴
아침이면 언제나처럼
맞아주는 백봉산(栢峰山)이 있습니다

산자락에는
우리와 가장 가까운 시대를 고민하던 왕
홍유릉 주위에는 원시림 같은 노송들로 가득합니다

바람이 하도 싱그러워
먼 발치서 볼 때는
불그스레한 것이 고작이더니만
몇날 며칠이 지났는지
어느 날은 꽃 잔치가 열리더라구요

향내 질펀하게 배여 주면서
이야기하자더니
눈길 없어 되돌아오려는데

산자락에 핀 진달래
쌓인 눈 속에서 귀띔을 하여 줍니다

"너 혼자 이야기하면 된다"고

기다리는 마음

행복할 것 같아

7월 들어 첫 월요일
어느 날과 다름없이
문을 열고 들어선다

사무실 안은 그렇지만은 않았다
얇은 향내
문틈을 찾으려다
열어주니
…몰려와
고즈넉이 머물러 그런가

지난 해 날 따라온
유독 꽃대가 없어 남겨두었던
난이었는데

되뇌이게 하여 주는 신선함이
너그럽다
그도 많은 이들이
좋아하는 일곱 송이 중 첫 송이가
오늘은 하나이지만
다 입을 열면

7월은 행복할 것 같아
조용한 기다림으로
기도한다

모두가 되새길 수 있어
그것만으로도
행복하다

밤참

밤을 낮으로 아는 날
옆자리엔
정성스럽게 고물 묻힌 인절미
코 끝 간지러운
기쁨 달래며

한 입 열도
작지만
소록소록 쌓인
바닥 훤하게 보일까 싶어
폭— 닫아
따뜻한 젖무덤 만들고
손끝으로 만지어 보며
눈을 감아 본다

비우면 더 비우고 싶은 마음

모르니 그럴 수밖에
감추고 싶었던 일
보이고 싶지 않았던 일들은

눈에 잘 밟히어지는 것은
빈 자리 많아 채우려는
진한 마음 탓이겠지

차라리
비워 버리고 잊어 버리면
그리고
용서하고
용서받으면 야
더
아름다울 텐데

너나
나나
비우고 더 비우려는 마음
그것이 모자라
힘들어 하는가 보다

끝없는 다리

오고 가다 만나는 곳이
외나무다리일지라도
피해 갈 사람은 피해 가겠지요

아니 굳이 그런 일이 아니면
의지할 난간이 없어
그 자리 주저앉아도
어색하기야 하겠습니까

때로는 同伴하여
뇌누고
채우고 또 새롭게 가꿀 수 있겠지요

代물림 다리
거듭 代물림을 위해
빨 · 주 · 노 · 초
파 · 남 · 보로 彩色을 하며

티없는 熱情으로
하늘을 오르려거나
바다를 건너가자 하는

그쯤에 마음이 닿으면
힘겹지 않게
옮겨 놓을 수 있어
끝없는 다리가 조금씩 행복도 합니다

처음 비상처럼 영원히

기다림과
바람을
씨줄과
날줄로 삼아
새 세기의 장을 밝히려는
당신에게
축하와 당부도 아우른다

키질도 하고
체질도 하여
거른 보배
목마른 삶터로
가는 길목에
풋풋하고 살갑게 적시는
디딤돌로 삼아다오

가쁜 숨 고르고
막힌 맥박 이어 매어
올곧게
고동치는 심장
활화산 되어

吐해내고 또 吐해내며
거듭 거듭
처음 비상처럼 영원히
알차게 여물어만 다오

새벽 눈 길

새벽 종소리가 울린다
희디흰 백설의 난무
차가운 가로등 빛이 움츠리고 있다
이 빛나는 순백의 마음
나는 앞만을 보면서
저 높은 세계로
한 발자국씩 또박또박 내딛는다
위대한 땅의 바다를
두 팔로 껴안으며……

별을 가꾸는 마음

강 건너
불 빛 타고 해걸음에
건너려다
그만 길게 늘어진
달빛에 취해 발 머무르고
급한 마음을 보냅니다

물살과 몸살하기 바쁜
차축에 엉거주춤 몸을 의지한
강어귀이지만
별을 가꾸며
여유 속에 너그럽게 더불이렵니다

기
다
리
는 마음

마지막 밤

잠을 자려 하니
너무 아까워 다시 일어났습니다

오늘밤이 정말 이 집에서 마지막 밤입니까?
마지막이라면

자지 않으렵니다
자지 않고 오래 머무르는 방법을 터득하렵니다

이 집에서
어머니를
그리고 아버지를 하늘나라로 보낸 곳입니다

정말 좋아하시던 이 집이었던 곳으로 나는 기억하고 싶
습니다

엊그제는 형님마저 10년 병마와 싸우다 가시었고
나는 개발이라는 미명 아래 떠나야 합니다

되돌아 올 것을
약속하지만
가늠이 안가
더 되잡아집니다

기 다 리 는 마 음

서현역 가는 길

덜 여민
옷깃 파고들기 꼭 맞는
꽃바람
싫지만도 않다

레일에 마찰은
가슴 울렁임
힘찬 발걸음을
더 가볍게 한다

꿈과 사랑이 있어서인가

좁은 틈은 아니지만
시공을 다듬는
맑은 눈동자

머무름 없이
파랑새 되어
흰 구름을 파고들면
잘 달인 향을
오래 간직할
포장을 한다

산 속 미술관 가는 길

꼬불꼬불 오르면
오른 만큼보다
더 깊이 빠지는 길
단풍잎은 하느작하느작
차창으로 와
가는 길 막아서며 시비를 합니다

석양도 발걸음 머문 채
엷고
짙은
노랑
빨강
노을을 토해내 흠씬 배인
저 산 계곡으로 가야지……

사뭇 안쓰러워하며

가는 길에는
손수건 내어
흥건히 배인 색조 담아
분첩으로 쓰라 합니다

채밀향採蜜香

오늘을 위해 가끔은 이 길을
오르나 봅니다

양지 바른 밭두렁
벌통 20여개 가지런 놓고
얼마나 오가며 정성을 다하여
다듬었던지 멀리서 보아도
반질반질하여 보입니다

무겁게 벌 섶 들추며
너그럽고 여유스러워 하는 모습 보면

가는 바람 없어도
아카시아 꿀 향내는
너무 짙어 숨을 내쉴 사이 없이 그저
마냥 들이켜지기만 합니다

이 길이 조금만 더 길었으면…
그리고 더불어 이 맛을 만끽할 수 있는
쫓기는 출근길이 아니었더라면
하는 욕심들로 더 커져 가기만 합니다

누군가에 이 이야기를 나누어 알려 주기엔

너무 어려울 것 같습니다

차라리 억지 팔을 잡아당기어 끌고 오면
순간 어정쩡한 기분 '아! 이것 때문이구나' 하고
이해가 빠를 것 같습니다

이슬밭 돌 자갈 언덕길을 오르다
이 맛 맛볼 수 있다는 것은
축복 받은 사람에게만 주어지는
행운이라 믿기에 주저가 없습니다

담을 수 있는 그릇만 있다면
가득 채워 담아
삶 중 답답할 때
조금 열어 맡으면
눈가에 잔주름 엷게 떨리며
입맛 더 당기어질 것 같습니다
오늘은 정말 재수 좋은 날인 것 같습니다

밤꽃이 익으면
친구와 함께 와
마음껏 맡아보고 싶습니다

주말 계획표

주말에는
참깨 빈 자리 갈고
그 자리엔
배추씨를 뿌려야지
무씨도 뿌리고
고추도 따고
고구마 덤불도 깎아 주어야지

밭머리에 들어서자
비구름 자욱하다
채 밭고랑 들어가기도 전에
후다닥 쏟아진다

집에 들어가
책이나 읽어야겠다

몇 장 읽으니
그도 쬐가 난다
눈도 아프고 허리도 아프고

비는 왜 오지
비만 안 왔더라면

일을 다 마치었을 텐데

비가 안 왔더라면
일하다 말고 몸부림치며
도망쳤을지도 모르는데

그래도
분에 넘는
주 주말계획을 짜고 있다

나무 자르는 행복

오늘도
자르고 있다

잘 생긴 가지인지
아니면
쓰일 만한 가지인지
기둥인지
들보 감인지
잘은
알 것 같지 않아 보이는데
어제보다 더 자란
몫만큼
자르기를 계속한다
내일도
그 짓을 계속할 것 같다

행복하려고 자르기만 하다
불행하면 어떻게 하지

고만고만한 놈들로만
있게 되면…

Ⅲ. 봄, 여름 계절의 뜨락에서

겨울 바다

겨울 바다가 보고 싶어
잘 다듬어진 방조제 따라
바다로 가고 있습니다
오늘은
서두르지 않아도 좋은 날
너무 멋스럽습니다

비행기
배
차
한눈에 와 머무르고 있습니다

저 먼 발치
어부들 드믄 드믄 흩어져
갯벌을 헤매는 앞에서는
기도하고 싶습니다

겨울 바다는 기도할 수 있는
너그러움도 주고 있습니다

기다리는 마음

낙조

돌 지붕

뜰 앞에서

늙은 어부 하나

지는 햇발에

만선 거두다가

긴 장죽에

연기를 내 뿜으면

노을처럼

구름과 함께 빨개진다

푸른 꿈

오월은 푸른 꽃
향기로 가득하다

보리가 여무는
시골길을 따라
홀가분하고 싶다

아직도 부풀어만
오는 꿈
곱사란히 여물으는

시골길만 같은
푸른 꿈을 따라가자

잣내

송이송이
알찬 송이만을 골라
훌훌 나는 듯 따 내린 잣송이
청설모 몰래 주어

콩닥콩닥
돌방아를 빻아
성글성글 거친 대로
물통에 담아
어설픈 쭉정이들
주워내기 두어 번 하면
햇살이 가득한
마루전이 풍성해진다

허와 실 가리기
뉫전으로 하고
일그러진 잣솔 모아
불을 지피면
언제나처럼
배어오는 전율
내 님 분내만큼이나 풋풋하다

안골

내가
첫 울음을 터트린 곳

아름드리 느티나무 두 그루
수호신 되어 있는 곳

옴폭하게 파고 앉아
해와 달이 오래 머무는 곳

태초의 밤이
전설처럼 살아 있는 곳

찾아가면 언제나
포근히 안아 주는 곳

기다리는 마음

옹골찬 가을 햇살

밭두렁
억새꽃 두렁
바람 일며 꽃잎은
날개짓 한창

남한강 어귀
갈대꽃 어귀
옹골찬 가을 햇살
실물결 위로 흩뿌리며
갈대꽃도 그러더니만

잊은 지 오랜
한 아름 억새꽃
서린 옛 이야기

진솔한 우리 속삭임
비집지 못해
배시시 속눈썹 깜빡
시샘하며 엿듣기 마다 않습니다

나목裸木

싸늘한 차가움이
더해 오는
한산한 소양호

벌거벗은 미루나무들만이
남빛 호수를
벗하지만

적막에 취하여선가
바람마저
소리를 머금고

지나는 나의
발소리만
귀담으려 한다

가을 개나리

이대로
봄빛처럼만 하면
사오일 쯤이면
노랑 꽃잎이
그럴싸하련만
구름다리 옆 양지녘에서
조금은 몸살을 하는가 보다

쑥스러운 듯하면서도
개나리 연초록 잎
심기를 거슬릴까 싶어
옷깃 여며 주려다
밟힌 걸음
해맑은 햇살에
달은 얼굴
4계의 한 마당이 되어
잘도
어울린다

맑은 하늘 환한 웃음

나의 조국
우리 고향에는
'산도개'라는 야트막한
언덕이 있습니다

그곳에는
내 손때 묻은
교회가 있습니다

지금은 종탑 있던 자리
와 서 있습니다

바로 이 자리에서
내 어린 날에는 옷소매로
코를
오늘은 가슴으로 눈물을
닦습니다

나는 너를
너는 나를
용서하고 용서받고 싶어서
거듭 훔치어 냅니다

이 마을에 첫 종소리
아련히 되뇌어 보며
손가락 마디마디에도
힘을 주며

언제이고
언제이고 또 오는 날
환한 웃음으로
환한 웃음으로

맑은 하늘로
맑은 하늘로 물들일 테다

단풍

진하게 물든
몸 주체 못하고
길섶에 나뒹구는
잎새 하나

주워 쥐면
오무려 짜지 않아도
뚜욱뚝 떨구며
배여들 것만 같아
돌아 피하면
나부끼는 바람 타고
옷깃을 파고들며
향긋한 가을을
다린다

코스모스 바람

차창 안에는
황금벌 물들인 햇볕이라선지
어느새 반겨집니다

조금 열어놓은
창틈으로 비집고 들어오는
코스모스 바람
더 쐬었으면 합니다

틈내어
앞자리 뒤로 제치면
로얄석 주인

저 멀리는 푸른 산
눈 아래 높고 낮은 빌딩 숲
무리지어 질주하는 차
조잘대는 새 그리고 연인들

두 팔 벌려 신의 창조물 안으려니
너무 모자라
당신 손깍지 빌려 보니
참으로 너그럽습니다

철 따라 온 나그네

수평선 한 뼘 사이로
최후를 거부하며 버티고 선
성난 태양
아득한
저편 천수만에는
검은 깨만한 점들 아련하더니

검은 긴 선을
선은 제 꼬리 물고 면을 틀며
날개짓 벌리며
철 따라 온 나그네
오리떼라지만

아무리 보아도
예쁜 이 얼굴에 눈썹만 같고
깜빡이는 눈썹에선 더없이 확연하다

기 다 리 는 마 음

푸른 하늘 흰 구름

고향 집
뒷산에
피어 오르는
솜털 구름
아직도 잊지 않고 있습니다

저 멀리서
몰려 오는
푸른 하늘에 흰 구름
내 님 속살 같아
부신 눈을 감춥니다

그 날
푸른 하늘 흰 구름
고운 임만 같아
더 싱그러웠습니다

매화

까슬까슬 돋은 듯하여
무심 지나칠 수 있었지

파릇 파릇 망울들이
눈을 뜨면
발길 멈추고

분홍빛
홍조 띠고
미소로 피어나면

난
별이 되어 깊숙이
혀끝을 빤다

동백

얄은 마던 다 두고
해받이 제일 높은
여린 곳에
그래도
약속 어기지 않고
피어난 빨강
봉오리

빨가니 연한 네 볼 맞춤이
날 더는
찌들 수 없게 해주는구나

입김만 조금 닿아도
날릴 듯한 향내
실타래로 엮은 꿈같이 가늘게
내 살갗에 닿으면
한 잎
한 잎
아름단장이 부러우리만큼
눈부시구나
눈 내린 바다 언덕 예쁜 공주여

기 다 리 는 마 음

목단

저 지난 해
뒷집에서
한 포기 찢어 주어 심었습니다
몸살도 없이
잘
자라더니
올해는
소담스런 망울
환한 웃음을 감추지 못합니다

마주 볼 시간
아침 뿐
부지런 떨며 일찍
보면 볼수록 아름다움이 더하더니

연 이틀
단비는 내 마음 묻은
꽃잎마저 씻어갔습니다

오늘은
푸른 잎만 보고
입을 벌려 봅니다

너풀너풀댈 때
따라 하고 있습니다

내일 또 내일도
따라 할 것입니다

기다리는 마음

우리 고을 바라산에서

원시림 같은
태고의 체취가
아직도 물씬 풍긴다

사람 손끝 안 닿은 곳
어디 있을까 싶지는 않지만

이곳이 바로
그 곳 같다

봄… 가을…
철 따라 신비스러운
굴레를 벗어나지 않은
울타리 안 같아 그런지
바라산은
썰물보다 더 싱그러워서
찾는 객 옷섶에
깊이 배이어 온다

하늘 향하여
실낱 같은 새 색시 눈을 하고
기도를 드리고 싶다
모두를 위한 기도를

복채 없는 무점

언제나 그러하겠지만
가을 시골은
먹을거리로
풍요롭고 정겹게 어우러질 때
제 맛이 난다
거칠게 깎아
크게 한 입 배어 물며
올 겨울은
꽤나 춥겠는데
"뿌리가 이리 깊게
내린 것을 보면"

복채 없는 무점을 치며
자연에 순응하는
연륜이 새삼 새롭다

Ⅳ. 틈새의 나들이길

나이아가라

흐르다
수직으로
각을 접고

옥빛으로
채색한 물보라
물안개로 시선을 잡으면
눈으로 가늠을 못해

한참을 머물면
신비의 베일은 얇아
목은 한없이 길어만 진다

기다리는 마음

경포호

밤바다 같은
안개는 깊다

때 묻은 세진에 안간힘을 다하는
대관령 마루 눈더미

바라보는
호수 한복판에
쓰고 버린 우산만한 전선통 위에서
곡예를 한다

낚시대는 봄비에 젖어
나를 낚으려 함인가
솔나무 아래 주막이 그리워

낚시대 접어 모래를 밟으면
수평선 멀리로
흩어진 모래 담은
사랑의 편지

파도 타고
옷깃 속으로 온다
옷깃 속으로 파고든다

틈새 여행

틈 없이 짜여진
일상을 훌쩍 벗어 버린 채
교외를 찾아 나서는 길에는
책 한 권 쌀 보자기도 부담스러울까 싶어
그냥 떠났습니다.

그러면 더 홀가분할 것 같아
그리하였더니만

여문 가을 햇살
그리고
강으로 구르는 기차며
바람 피해 몰려다니는
곱게 물든 단풍잎
차창에 머문 키스 향
저버릴 수 없어
손수건 내어 담아봅니다

기
다
리
는
마
음

주말 나그네

훌쩍 떠나고 싶어
가는 길이랍니다
누가 말린다고
가려는 길 주저 물러 앉힐 수야 없겠지요!
그냥 놔두세요

언제 보아도 도도하기만한
북한강 거슬러 가고 싶다 하네요

아우러진 깊고 낮은 골짝에는
단풍에 물든 저녁 노을
제 집처럼 찾아 들면
나는야 주말 나그네
해거름에 되돌아와야 해

바쁜 길 강 건너
정경 더 아름다워
뿌리치지 못하고 휘돌아가면
조금 전 그 자리
이곳 못하지 않습니다.

세상 인심도 그러면
살 맛 날 텐데

III
기 다 리 는 마 음

山寺 가는 길

굽이굽이 돌아
산사 가는 길
지금 막
오색 금줄 끊고
단풍 축제 시작이랍니다.

산새들은 빨강
풀벌레들은 노랑
축가를 부릅니다.

鋪道 위 소복이 쌓인
곱게 여문 은행잎
초대받지 않은 길손
옷섶 잡아 만지작만지작
밟고 가도 괜찮다 하네요

갓길 세운 차창 안은
산새
풀 벌레
풀 향 담아
영근 은행 몇 알
그리 소중하고 정겹습니다.

기다리는 마음

생곡리의 밤

섣달 보름이라 그런 것은
아니겠지만
달빛이 유난히 밝습니다

입춘전야라선지
눈 쌓인 계곡도
그리 매몰차게 실없지만은
않습니다

좌우로 깊게 나누어진 계곡
자락에 머무는 오두막
밤은 더욱 초롱초롱
깊어지려 하지 않습니다

산토끼 고기
느타리버섯 데침
백김치에
막소주가 곁들입니다

찬 솔바람 달빛 따라
문틈 사이로
문풍지를 울리며

정겨움을 쌓느냐
숨을 죽이다

창 밖에 쌓인 눈
소스라쳐 아쉬움 접자하니
그리움이 왕방울만 해집니다

옹성甕城

바라보기보다
그리 어렵지 않은 길

봉수대로서
몫을 하던 곳

철없는 등산객 발 끝에
성벽이나 상하지 않았으면……

이끼 낀 바위
웅크린 산버들
눈밭에서 더 싱그럽다

앙상한
노간주나무 솔잎에
소복하게 만개된 눈꽃 속
촉촉한 땀 냄새
울렁이는 가슴 여미고

손뼉을 친다
그리고 또 내디딘다
더 큰 함성도 함께하고 싶어서

기 다 리 는 마 음

공양

작을 절
뒤뜰
평상에는 바람이 익어

뎅그렁
뎅그렁
풍경 소리

독경 담아
마음 속 가볍게 비집고

앙증맞은 장독대
장맛
상추잎 포개 담아
입맛 달일 때
성불하라
옷섶 여미며
합장을 한다
고개 숙여 따라 합장을 한다

기다리는 마음

산정호수

없다
바람도
조용한
물방울 부딪힘도

어쩌다 얼음 조이는 울음만이
간간이
선듯 선듯하게 할 뿐

믿어지지 않는 가파른 암벽
줄기 따라 내리 세운 은기둥
찾는 객 발걸음 멈춘
정적靜寂은 햇발에 익어간다

기 다 리 는 마 음

암벽 타는 젊은이에게

무엇보다 먼저 아낌없는
찬사를 보내자

내 옷소매를
걷어붙이도록
힘을 솟구치게 만든 이들에게

정복 그리고 새로운 도전을
당부하는 기도를 보내자

멋있고 용기 있는
산 사나이들의
힘차고 차분한 지혜

값진 땀을 모든 이들에게
줄 수 있게 하여달라고…
아우르기도 한다

한 발 잘못 내디딘 탓

오르기를 처음으로 한 곳
발 아래 보이지 않고
먼 산으로
건너다 보아야 하는 것은

오로지
한 발 잘못 내디딘 탓

오른 곳 되짚어 내려오느라고 왔는데
생각지도 못한 현실
준엄한 자연은
한 치의 너그러움도 없이
새로운 깨달음을 주는가 보다
얼마를 더 거듭되는 시행 오차가 있어야
仲美山처럼 믿음직스럽게
다듬을 수 있을지…

기
다
리
는
마
음

얄미운 만남

양수리에서 사잇길로 가는 유명산
우리 고모 시집간 마을
옛스럽고 고풍스러운 집들도
길섶에 우거진 숲과 나무들
풀벌레들에 곱고 잔잔한
새들의 밀어가 여무는
파아란 하늘
한가로운 흰 구름
굽이쳐 흐르는 맑은 골짝
열린 찜질방 같은 대 자연 속에
잘 다듬어진 오솔길 포장
산자락 정갈한 찻집

발걸음 멈추고 맛을 나누려는데
얄밉게 그만
어우르지 않으면 더 좋은 사람
열린 미닫이 채 닫지 못한 틈새로
혀 물린 혀끝
코끝 간지러운 차향으로 달래려면
오래 뜸을 들이면 될까

멋스런 맛

맛 잃은 멋 다듬질해

머언 날
포옹하며
웃을 수 있는 너그러움을
다듬질하며 남은 잔을 비운다

충주호를 따라

긴
여름
장마 끝에

주워 울섶에
비틀어 말린 무지개 타래를
오는 길에
곱게 다져

오목오목
빚은 보조개
햇살을 받아
뿌려 미뤘더니만

선머슴같이 제멋대로 펼쳐진
바위 그리고 산 나무
지금도
태고의 신비는
함박 입을 벌리며 보챈다

듬성듬성

끝줄을 잡고
인심 좋은 체
첫 아들 백일맞이
봉송 싸듯

푸짐한 인심을
나눈다

원창상 시화집

작은 갑판 위에서

고동의 여운
망망한 미지의 세계를
하나 둘 열어 젖히며
햇살은 갑판 위로 머문다

가는 파도를 헤치며
물살을 가르는 뱃머리에
전설의 인어라도 나타난 듯 싶어
목을 늘입니다

얇은 물살이 높아지면
덩달아
부웅 뜬 가슴으로
발돋움하여 그립니다

발돋움하여 그립니다
내가 나를 그립니다
파도 속에 자화상을……

천제단

열 발자국 앞을
뛰어 넘어볼 줄 몰라
첫발 내디딤은
멋 몰라 오를 만하더니만

골 깊은 산자락
흙 냄새 몸에 배이게
멈춘 채 바라보고만 싶다

1,567 눈금에 매듭을 매어
태고에 만든 단
발아래 핀 운무깃 사이로
얼굴을 내민다

세찬 비바람
눈 속에서 인고하며
산 삶이어서인지
만남도 너그럽다

기다리는 마음

낚시

팔당 위로 뱃길을 따라
물 위에 앉으면
세상사
물안개로 숨고

확 트인 가슴
하늘에 피면

낚는 솜씨
여줍잖아

피라미는 월척하였다며
발 아래 논다

(처음 낚시 따라가서)

모현제
— 99참배기

매년 음 3월 3일
단종 애사의 주인
생육신 원호 할아버님
문중 물론
경향 유생들
앞다투어 영월 나들이
모현제 올리는 날

세월 반 천년 흘러도
홀기笏記 하나로
맥을 이어 오늘까지
정성으로 진설하고
부복俯伏하고
초헌
아헌
종헌관 차례 따라
잔 올리며 절하고
독축讀祝하고
그것이 고작인데
두루마기 섶에 담긴
힘
이어지고 이어질

관란灌瀾의 얼
아직도 붉은 비문
곧은 충절 탓
그 잣대로
오늘을 채찍할 수 있다면
더 없는 바람일 텐데……

금문교

하늘을 날을 때
한강이
힘을 실어 주어
어설픈 대로
금문교쯤
한 눈에 당길만 하더니만
힘찬 물 줄기
도도한 흐름 위에 선
성수교처럼 되지 않을까
곱씹어 보기만 한다

V. 고향 하늘 그리며

당신에게

구석구석 모자라는 곳
채우고 메우느냐
허리 한 번
제대로 못 펴고 살아온 당신

바보 서러우리 만큼 우직하여
더 어렵게 살아온 당신

가슴 깊이 박힌 심지
바다로 넓혀
적셔 담아
마르지 않게 하는 당신에게
옷깃 풀어
포근히 감싸 본다

기
다
리
는
마
음

내 사랑 친구에게

조금도
설지 않은 이름
노래처럼 부르며

몇 차례
잔
기울인
밀어는
풀고 감는 실타래

네 곁
내 곁 오가며
더
커진
이름

오래 빚은 향이 되어
여민 옷깃
가을 바람 되어 파고든다

오! 논산이여

30년이란 세월은
그리 짧지만도 않은 날
거슬러 되찾아가는 길
젊은 함성
따라가면

옛 추억이 아련한
때묻은 훈련복에 땀을 적셔
아들에게 대물려 입혀 놓은 곳

'백제의 옛 터전
계백의 정기 맑고……'를
언제까지나 외쳐대고 또 더 들으면
남과 북의 벽은 허물어질는지

이제는 툭툭 털고
밝은 얼굴에
해맑은 웃음을
주고받을 수만 있다면
믿음은 더 없을 텐데……

벌초유감

유난히 늦어진 탓은
무더위와 또
뒤이은 장마가 있어서가 아닌
무성의 때문입니다

유독 나만이 한 달 남짓
처진 것을 알 때
더 더욱 송구스러웠습니다

잡초를 뽑고
들뜬 흙을 꼭꼭 밟고
긴 풀을 깎으면서
주고받는 이야기는
생전의 그 모습과
다름이 없었습니다만

올해는
문명의 이기가
하나 둘 셋이나
붕붕대는 통에
무슨 말씀하셨는지 몰라
부모님 뵙기

답답하기만 합니다

내년에도 또 이리 되면
어찌 할까 걱정스럽습니다만
더 큰 것은
더위 장마 말고 다른 핑계로
이마저도 행여
영영 늦추어지지나 않을까
두렵습니다

그러면서도
조금은 어렵겠지만
땀을 더 흘리며
예스럽게 하고 싶습니다

가르침을 뇌새기며
나들이 삼아 하려고
마음을 먹어 봅니다

쪽진 어머니 머리

스치어 지나간 뒤
아주 작은 남음

잃어버린 지 오래 된
쪽진 어머니 머리에서
느끼었던 그 맛

가지런 빗은 머리
윤기 흐르는
동백기름 향

산자락 앙상한 가지
수줍게 비집고
핀 노란 꽃

코 끝에
머물게 한다
어머니 옛 모습도
송알송알 피어온다

초점 없이
그냥 머물기를
주저하지 않은 채 있다

기다리는 마음

하늘 나라에 계시지만

땅거미가 지나
어둠이 짙어지려는
1983년 1월 21일
저녁 6시 30분쯤

애야……
아버지 부르심
야릇한 전율로 와 닿는다

벌떡 일어나
볼을 비비어 보면
차가움만 더해 온다
복받치는 설움
자제하지 못한다

74세 일기를
남보다 더 어렵고
힘겨운 일들을
이기어 내시기 마다 않으신
어머니 생전의 모습
싸락눈처럼 어지럽게 앞을 가린다

마음같아선 꼬집어서라도
눈을 뜨시게 하고픈 위에
강하게 각인되는
불효
불효

새 락 새 락
가래가 끓어
불편하시면서도
잘하라는
당부 역력하시더니

이젠 머언
하늘 나라에서도
내 하는 짓
엿보고 계시겠지……

살구

맑은 이슬 소복한
뒤뜰 장독대

곱살스레
솜털에 싸여
노란빛 더 짙게
나뒹굴고

두 볼엔 새큼한 맛 가득
꼭 감기어진
두 눈에 어머니 삼삼

문병

쾌유를 빌며
자네 곁으로 가네
어떤가…?

시간을 생각에 매어 보니
투병기라도 쓰고 싶지 않은가?

인생을 보다 깊게
깨우침의 시간이겠지
그래서 서로의 고마움쯤
더욱 알차지지 않을까 싶네

다른 것은 몰라도
투병만은
당신의 의지로
당당해질 수 있다네

당신의 의지로……

친구야

마음에
간지러움은
그리움으로 승화한다

정말
내게도
'내 동창생이야' 하고
소개를 하는

꿈 같은 이야기에
주인공이 된 나
진솔한 행복을 찾아
콧날이 시큰한
희열을 감추려 하지 않는다

오늘처럼
처음도 끝도 없는
이야기로
영원한 코흘리개였으면 한다

친구

요즈음
제법 살 맛나는 날들
아침마다
서두르지 않고
오르는
정상은 언제나
그러면서도

오고 가는 나눔은
깊고 깊어
겨울밤도 넉넉지 않지만
더 없이 알차다

서로에게 베풀려는 마음이
욕심을 더 부려
도타워서인지……

다음 날도 만날 텐데
헤어지기 싫어선가
주저주저하기를 거푸 한다

원창상 시화집

지게

지금은 아드막한 옛 이야기
향수처럼
시골이 아닌
박물관에서나 보게 되는
그 애물이
오늘은 더 없이 간절하다

양지편 산자락에 심어
제법 잘 자라
열매 맺어준 콩
한 짐 묶어 지고 내려가면
좋으련만

한과 설움
작대 장단으로 달래던 그 시절도
때로는 이렇게 그리웁구나

잃어버린 고향

차라리 돌 징검다리가
더 좋은 걸

몸 가눔마저 비좁은
어설픈 길 어귀가 그러하다

우거진 하늘을 헤쳐 보아야 했고
새들의 노래 끊기지 않는

그 숲속이
황토로 바꿈한

오히려 난
타고 내리기를
마음대로 못하는
문명의 이기보다야

서릿발을 으깨며
이슬을 추기며
더러는
눈 속을
비를 흠뻑 적시던

잃어버린 내 고향을
고향 속에서
간간이 풍겨 오는 흙내 속에
그렇게도 갈증은 더해 온다

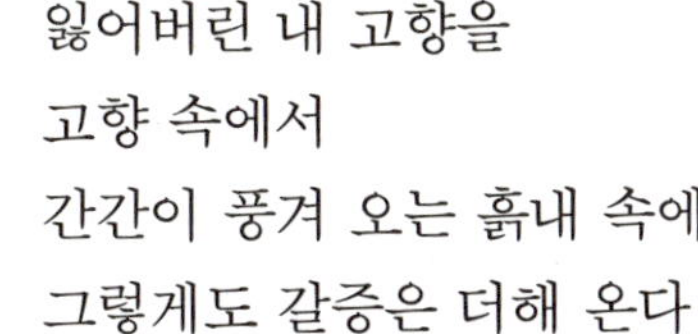

향 짙은 사랑 내 몸도 적시었으면

무거운 땅거미가 가신 뒤라도
한 사람 뒤도 보기 힘들 만큼
깊은 밤 같은데

두툼한 수건을 머리에 두르고
손수레 바투 따라
밀어주는 아내의
남기고 가는 향기
발걸음을 잡아
내 몸도 적시었으면

이른 새벽을
연 손
맑은 웃음으로
행복을 만들며

연탄재는 흰 꽃 위에 덮고
전등 불빛 사이를 질주한다

응시凝視

당신의
따뜻한 가슴
아니었다면
이렇게 아름다움을

당신의
정성된 손끝
아니었다면
싱그러운 향내음을

당신의
가르마탄 머리
아니었다면
힘있는 곡과 선을

당신의
다듬질한 옷매무새
아니었다면
꿈 노래의 밀어를

당신의
맑은 눈과 귀

아니었다면
풀무질 싱그러움도
모를 것을

연꽃 옆에서

또르르
또르르
굴러 떨어지다 말고
발 멈춘 아침 이슬을

함초롬이 머금은 채
청아한 수줍음

한 방울
한 방울
굴려 담은 아름다움

연적에 담아
먹을 갈면

당신 닮은 연꽃이
그려질 것 같아
치마폭 위에 화선지를 펴
그림을 그리렵니다

기다리는 마음

소꿉 친구

반가운 친구도
보고 싶었던 친구도

세상의 나이를 하나 둘
먹으면

토담을 만들며
꿈꾸던 친구도

어쩌다 살다 보면
바뀌고 바뀌더라도

내가 찾아갈
그 녀석만은
나도 그럴 터이니
그때 그 친구로 남아나오

그리움

태초에
눈부신 햇살
새벽 닭 울음 소리
아침 이슬
싱그러운 기를 모아
빚어 만든
큰 마을

물 오른 복숭아 가지
움틀움틀 살결 비비고
연분홍 꽃살을 내밀면
온 마을 꽃마을
논밭에는 소몰이
시냇가에는 나물캐는 아낙네
아지랑이와 어우러지고

마을을 가로질러
뽀얀 먼지 일구며
간간이 오가는 시골 버스
백제 고분 말무덤
복숭아 짐짝 나르던 초식차
지금은 그리 멀지 않은

옛날 이야기

찜질 더위
땀 좀 식히려
오이 섶에
몸을 숨기면
칭얼대며 젖을 찾더니
이제는 다 의젓해
먼 하늘만 보겠지

추스르기 힘 잃어
아름드리 몸체만 둥그러니
풍진 세월 액운을 막으며
힘들어 하는 마을 사람들
보살펴 어루만져 주더니
콘크리트 빌딩이
터줏대감 노릇을 하려 한다

장독에 눈이 소복하면
인심도 그리 쌓이는지
어디를 가나
어느 집을 가나

웃음도 나눔도 있고
화로가 군것질
짧기만한 겨울 밤

아시안 게임
서울 올림픽경기장이
모두가 우리 논밭이었는데
상전이 벽해 되어
올림픽 타운
세계인이 오고 싶어 하는
자랑스런 마을

대대로 웃어른
효로 모시고 모신 덕
자자손손
어버이 크신
손길 영원할진저
날로 날로 새롭게
부귀영광이 가정 가득하리

기 다 리 는 마음

보리 꽃

가로변 띄엄띄엄
줄지어 놓여진 화분에는
파랑 색 곱고
소복하더니

봄비 지나자
훌쩍 자라
도심을 채우며

옷섶에 꽃내를 익히다
눈에 마주친
보리 꽃

허리 끈 줄이던 그 날에는
생각도 못한 일

옛 정취는 야
한참 달은 물
끓듯 한다

향수

강굽이 머무르는
양지 바른 언덕에
옛 조상님들
뜻하신 획을 긋고
씨줄 날줄 내려
내림 터 잡으신 터

강물 따라 뗏목이
거슬러 쌀 보리
새우젓……
나루터 여울목
제 몫을 하더니만
억지 만든 호수 곁에
오석에 사연 적어 전하는가

'을축 대홍수'
지표가 그 날의
물 높이 가늠하여 주더니
어느 여름 밤
반딧불 사위어질 때
외로움 견디지 못해
함께 감춘 자취

아련한 모습들이
익살스런 탈을 쓰고
어깨 으쓱 춤을 추며
무병장수 기원하며
부귀영화 덕담하며
얼씨구 절씨구 비집어 꼬집는
신들린 산대놀이

어림짐작
사방 이십리 길
사일 구일이면
나무 실은 소달구지
뒤를 따라
이고 지고
팔고 사는 송파장

잊고 싶지만
때묻은 추억이 새로워지는
우체국
양조장
엿도가 말고도

황소 씨름판
손에 쥔 땀 향수보다 짙다

풋풋하고
비릿하고
삼백 육십 오일
낮은 부끄러워
밤은 아까워
쉴 날을 잊고 사는
가락인들

넓고 넓은
어버이 은혜
살아 생전 지극 정성
봉양하는 가문 뜰 앞
햇빛도
달빛도
한 자락 더 비추리

원창상 시화집

기다리는 마음

·

지은이 / 원창상
펴낸이 / 김재엽
펴낸곳 / 한누리미디어

·

100-845, 서울시 중구 을지로 2가 148-73
신화빌딩 401호
전화 / (02)2278-4513, 2268-4514
Fax / (02)2268-4524

·

등록 / 제16-467호(1993. 11. 4)

·

초판발행일 / 2005년 6월 15일

·

ⓒ 2005 원창상 Printed in KOREA

·

값 10,000원

·

E-mail/hannury2003@hanmail.net

·

※잘못된 책은 바꿔드립니다.
※저자와의 협약으로 인지는 생략합니다.

·

ISBN 89-7969-267-6 03810